JN194332

楽盗人

Gakunusubito

さとうますみ詩集

あるむ

楽盗人——目次

III

I

一本の笛

風は砂塵を巻き上げ　空をけぶらせ
するどくうなりながら　天地をめぐる
枯れ葦の茎の中を通れば葦の声となり
竹の中を通れば竹の声となり
あらわになった骨があればその空洞を吹き抜けて鳴る
長い骨なら低い音　短い骨なら高い音

葦でも骨でも　まして
砂漠に命果てた人の骨であろうとも

風が通れば楽器になる　と
風はこの星の息であるから　と
気づいた人たちは幸せだ
彼らは深く深く聴く力を与えられていたのだ

人は波動とリズムに満ちた空に
心身という微小のセンサーを差し入れて
風を聴き取ったことだろう

たとえ一切を打ちくだかれた慟哭の日々にも
荒涼とした風景の彼方
瑠璃色に鎮まる天空から
微弱であっても深い力がくると信じて
水の匂いを感じるように

風の中にそれを感受するとき
心身の激しい裂傷が
そっと包まれてゆくような気がするから

その感覚を短いメロディに変換して
竹や骨の表面にいくつかの丸い穴を開けて
単純な楽器を作り　自分自身も一本の管となり
温かい息が澄みきってくるまで
吹いただろう　それはそのまま
捧げ物となっただろう

白樫の下で

白樫の大樹のひきしまった白い木肌に
手を当ててみる
若葉をみっしりとつけた太い枝が
四方八方に伸びて
見上げるわたしは
青い薄闇の底に立っている
きよらかな空気が流れて
頭の芯が澄みきっている
幹を抱えるためには

あと二人ほどのわたしが必要だ
とどかない両手を広げると
わたしはグーンと大きくなり
鳴き交わしている鳥の声を
すべて胸にかかえるかたち

わたしの足は
数千年前の水脈に触れているようだ

白樫が風を呼んでいる
さわさわとささみどりの葉がささめいている
わたしの小さな小さな物語よ
白樫に呼ばれて　中空に昇っていきなさい

泡のように浮かんではただよう言葉にできない不安も
何を愛して　何に傷ついてきたか
今のわたしをつくりあげたたくさんの記憶も
わたしに血を分けた人々の
誰にも告げることのなかった痛みや苦しみも

白樫の頭上の夕焼け雲が
風にさらさら滑ってゆく

四十雀（しじゅうから）

澄んだ声で
ツツピー　ツッピン　ツツピー
細い電線をしっかりとふんばって
尾羽をきゅっと反らして鳴いている
ピースピースピース
小さな黒い帽子に黒いネクタイの胸を張り
ちょっと休んで
羽に頭をつっこんで毛づくろい
いや　あれは空の色を羽に塗りこんでいるのだろう

羽が少し空色に染まっているもの

目が弱いわたしは　年々おまえが見えにくくなる
おまえはあんまり小さすぎるから
でもおまえがどこにいてもすぐわかる
四方八方に響くその声の涼しさで

おまえのからだは大空の音符のように小さい
歌っているその口だけではなくて
お前のすべてが楽器
おまえを通過してゆく光や風が歌っている

恐竜は鳥になって命を現代につないでいるという
私は進化の螺旋階段をのぞきこむ

ジュラ紀の水辺
コケ類やシダの林　蘇鉄の葉かげで
バタバタと不器用に枝を渡っていた始めの鳥
その声は恐竜に似ていなかったか

進化の時をさらに重ねて
鳥たちの体が軽くなり
空高く飛翔することを覚えたころ
青空　あかね雲　透明な風などから
そのきれいな声をもらったのだろう

おまえの歌に聴き入っているわたしがいる
遙かな進化の過程の　いつかどこかで出会い
わたしになる前のわたしは

おまえに
歌うことを教わったような気がする

蛇

夕立が木々を洗っていったあと
あたりには青草の匂いがたちこめていた
窓枠に触れている木の枝を伝って
窓ガラスをすうっと滑ってきたのは一匹の蛇
まだ若いのだろう　胴の太い所でも二センチに満たない
その青白い小さな頭とビーズ玉ほどの目は
ガラスごしにまっすぐにわたしに向けられていた
こちらからトントンとたたいても逃げない

薄い緑と茶色のしま模様の胴体は思ったより長くて
細い細い尾の先まで一メートルはあるかもしれない
優雅に首をもたげて　水流のように近づいてくる

わたしは今まで
土の起伏に添って動くおまえを見下ろしていたが
いま　おまえはわたしの目の高さに向かって来る
草色の視線に　ひとすじの気品が漂い
ゆるやかに流れる蛇の紋様が遠い記憶を巻き戻す

わたしは　土のかたしろに蛇の生命力を彫りつけ
昼も夜も浄火を焚き続けて土偶を作っていたのか
その一体の全身から
はらりとおちた流水紋が　一匹の蛇となり

私の窓辺を　いま訪れたのか

生きてゆくことの恐怖をなだめるために
おまえの力を借りたかった遠いわたしがいた
いまでもわたしは恐れやすい個体のままだ
医学も科学も強力な鎧となったはずだが
幾千年がすぎ去っても　わたしの弱さはかわらない

どうしようもなくかわらない
失うことの悲しみも　対応できない呪詛も痛苦も
薄い皮膚に受けとめて
身をくねらせて自分で脱いでゆくしかない
こわくない　こわくない　と
ささやいてくれる祖霊の声も遠くなった

水の力も
春ごとによみがえる植物のしなやかな力も
分けてもらえる術は　ない
木の枝を伝い地上へ下りて百合の花の下
水の路に蛇は消えた

トビウオ

闇が巨大魚のように口を開けて追ってくる
疲れたわたしをバラバラとこぼしながら必死になって逃げる
冷たい闇の息づかいが聞こえて
「吸いこまれる」と思った時
わたしは渾身の力で空間を蹴って飛びだした
風が全身を洗い　わたしは夜明けの星に向かって飛んでいた
眼下には暁光が染めてゆく海
潮流と潮流がぶつかりあい　ひしめくところから潮鳴りが聞こえて
紺の潮目がくっきりと立ち上がる

無数の波がきらめく

トビウオの小さなからだは白と銀　青と藍
その日の光によって変化する海そのもの
ぴちぴちと弾むその身には春の力が満ちている

わたしは
まな板にトビウオを乗せて
長くて鋭い胸びれのつけねに刃物を入れて切り落とす
細い針を連ねたような二枚の胸びれを開いてみると
大きなケープのようにしなやかに広がる
頭を落とす
切り離されて
澄んだ目がわたしを見ている

鳥の羽のようにこの胸びれを広げて
海上を何百メートルも飛んでいたのは今朝だったのか
いや　あれはわたしのあけがたの夢だ
鉄のように固くてしなやかな尾びれを落とす
この強靭な尾で
重たい水をたたいて　潮の面を打ち割って
空中へ　風の中へ　飛び出したとき
このまあるい目にまっさきに飛びこんできたのは何だろう

腹びれを落とす
内臓を出し小骨の多い胸を切りとる
残った魚の身を洗う
白くてとても美しい

これは祝祭である
トビウオの小さなからだにみなぎる大いなる力を
わたしが奪い　それをこれからいただくのだ

わたしの輪郭

長い間わたしは
強く濃く自分の輪廓を描き
ビル街の底を人の波に消されながら
しっかりと自分を抱えこんで歩いていた
ひ弱な子供の心をさらけださないように　と
大都市などに占拠されるものか　と

確かなものは何一つないまま　忘れたり忘れられたり
覚えたり覚えられたりしているうちに

わたしの輪廓はなぜかあいまいになった

夕日の長い光の筋に晒されて　ゆわゆわと溶けてゆき
うっとりと柔らかくなるわたしの輪廓

風に包まれ　街路樹の葉擦れの音や
街の喧噪のなかに聞こえる鳥の声に敏感になり
過去も現在もひとつに響きあっていると感じる
そんな時　輪廓は溶けて　境界が薄れてゆき
遠い海辺の町で
魚の箱を持ち上げている友達の声が聞こえたりする
今日も　明るい冬空の氷まじりの風の中に
わたしの輪廓がシャーベットのように散ってゆく

梢にしがみついている黄色い銀杏の葉をかすめて
わたしの輪廓が空に昇り雲に近づいてゆく
絹雲の衣を着た雲の大女が
大きな口を開けてわたしを飲みこもうとする
飲み込まれたらそこに　水晶の回廊があり
星の方響がいっせいに鳴る
かもしれないが
今日は逃げよう　いずれまた会おう

あなたの中に
還らぬ時間が重く重く積もってゆくから
あなたの波動は広がり
輪郭がやわらかく溶けてゆくのですよ
雲の大女の声で風が教えてくれた

キビタキが楠の樹の梢で歌っている
わたしの輪廓の中で歌っている

水の里

海はかたちのない大きな生き物
ため息をつくたびに膨大な水を動かし
足元にたっぷりと満ちていたり遠くに光っていたりする

川は海と触れ合うあたりで地下にしみこんでゆき
引き潮の河口の濡れた砂には
蟹などの棲む小さな穴がたくさん開いていた
フナムシが走り　シオマネキが大きいほうの鋏を振り
そしていきものたちの小さなつぶやきをすっぽりと覆って

あっという間に潮が満ちて石垣を洗った
春には白魚がのぼってきた
人間はその透きとおったいのちを痛みもなく飲み下した

水辺の社の神官である祖父は二百三高地の帰還兵だった
祖母は針仕事と掃除が上手だった
ふたりとも老いてゆくことを静かに引き受けていた

日が暮れても空の余光を吸い込んで水明かりしていた海は
夜がふけると石垣を越えてわたしに覆いかぶさってくるようで
とてもこわかったのに
海底の川の水音を探しはじめる耳の先から
いつもやわらかな眠りに抱きとられていくのだった

薄明　うぶすなの社から祖父の朝の祈祷の太鼓が響くころ
風が変わり　小さな森が揺れ　山鳩が鳴き
海面は朝の光に染まりはじめる

大人になったわたしは
夜の海より重い日常にからめとられて
疲れているのか寂しいのかわからなくなる
そんな時　水になって静かに今を過ぎて行こうとつぶやけば
ささくれてゆく心の襞に
ゆったり甘い真水のような安らぎが
しみこんでくるのを感じるのだ

鳥を待つ

氷の海を漂う難破船のように　痛みに翻弄され
動くことも眠ることもできずに　わたしはひたすら朝を待っている

ハシブトカラス
寝ぼけていないでその太い喉の奥から力いっぱい鳴きなさい
新しい朝だよ　暗い夜は終わったよって
昨日の朝　おまえは向かいのビルの屋上から
翼を反らせてまっすぐに墜ちて来て
地面すれすれで羽ばたき　あざやかな着地を見せてくれた

昼間　小さい庭に沈みこむように舞い降りて
垣根にいつまでもとまっていたキジバト
おまえの声は木の匂いがする　そのくぐもり声を聞かせてよ
山鳩がクックーといつも鳴いていたおばあさんの家
額にあててくれたおばあさんの手のひら
おばあさんの声がする
　おやおや　この子はなぜこんなところに一人で寝ているの

わたしの中心の管は喉も消化管も火のように熱く澱んでいる
セキレイセキレイ
尾羽を上下にふりながら冷たい湧き水の淵まで連れていってよ

抗えないものの気配におびえているわたしのために

シジュウカラ
早く窓際の枝に来て黒いネクタイを整えて澄んだアリアを歌ってよ

父が移植したふるさとの珊瑚色の椿は満開だ
蜜を吸いに来たヒヨドリ
惜し気なく花首を落とし地面に紅を敷け
そしてつきぬけるようなその声で
イイヨ　イイヨ　ってわたしの闇を払ってよ

わたしの苦痛はわたしのもの　誰にも代わってもらえない
せめて地上と空を行き来するものたちの
小さな喉からほとばしる天の響きを聴いていたい

ふと　さざ波のように空気がゆれた

枇杷の花にメジロがきている
若かった母がすりおろしてくれたリンゴの匂いが
冴えた空気にまじりはじめた

楽盗人（がくぬすびと）

盗人がねらっていたのは
宝玉ではなく金（こがね）ではなく
天女のような佳人ではなく　身に纏う衣（きぬ）ではなく
目には見えない　触れることもできない楽の音（ね）

奈良の都の一条麻呂殿に届けられた琵琶の楽譜は
盗まれることを恐れて曲名を消されていた

天竺か唐から来たその楽譜は千年以上の時を経て

会計簿の紙背（しはい）として発見された

一条麻呂殿は最新の楽譜を入手して
無事に儀式　あるいは
宴の楽手をつとめられたか
琵琶の音に重ねて　ほろろんと箜篌（くご）は和し
ひゅうーと笙が流れて
方響（ほうきょう）はさやさやと天界の帳をひらめかせたか

ねらっていたのは誰なのか
奪ってでも琵琶の一曲を覚えたかったのか
政敵の雇う楽人に売るためか

番假崇（ばんかそう）

唐時代の律から復元されたその曲は
琥珀色したゆるやかなメロディ
千三百年後の濁った空気をふるわせる
象牙の撥ではじかれて響き出たアルペジオは
晩秋の明るい日ざしに　竹林の竹と竹が
身を打ち合っているようななつかしさ

この曲を盗みたかったのはわたしだったかもしれない
わたしは
言葉のすき間にしのびこむ美しい光でありたかったから
月を磨くように泣きたかったから

海図——博物館にて

木組の格子に小さな貝殻をいくつか結び
その間に竹ひごを数本不規則に結びつけている
何のオブジェだろう　その前で立ち止まった

小さな貝殻はミクロネシアの島々
しなやかな竹ひごは音たてて流れる海流
南北に東西に撓いながらひしめきあいながら
太々と走る水の道
それは文字を持たない人々が作った海図だった

暖かい潮　寒い潮　黒い潮　青い潮
海はすさまじいエネルギーがひしめく水のるつぼ
三角帆をあやつり流れに乗れば
羅針盤を知らなくてもどこにでも行ける
昼は鳥に教えられ　夜は明るい星を読み
水は乗りこなすものだよ

漁は投げ網　仕掛網　追い込み　素潜りいろいろあって
捕れた魚は等分に分け合う　働けない者にも分かち合う
白い貝殻の島々は宝石のように小さい
そこに生きる人々はプランクトンのように小さい

わたしも海を知っている

波の上から波の底へそのうねりとひとつになって
潮風に胸を開いてオールを漕ぐことを
祖父も父も叔父も小舟をあやつり
迫り来る嵐の先端から
きわどく生還したことがある
叔父は素もぐりで魚を突く名人だった

わたしの病気を癒したのは潮風だった
わたしも流れてきた一本の海草だった
眠りながら聴いていた遙かな潮鳴り
大丈夫
流れきて流れゆくことの不安を　漕ぎ渡った人々
その日焼けした腕にわたしもきっとつながっているから

荷物を預けるように

ねむれない夜
いつの間に刺されたのか言葉の棘
からまっている感情の蔓草
暗い野原をさまよえば
弱った蚊のようにまつわりついて
わたしの頬をかすめたり
耳のまわりでかすかな鳴き声をたてるものがある

そんなものをひとまとめにバッグに詰め込み

空港で荷物を預けるように
わたしの身から離して
明日に運んでくださいな
明日の到着ロビーで受け取れば
冷たくて重い痛みがよみがえるだろう
いつかは振り払ってしまいたいものだけど
とりあえず明日はちゃんと受け取るから
今夜の平安をくださいな

深い深い息を吸って吐きながら
わたしは大木の洞にねむる動物になる
雪に埋もれた山は温かい
頂上近くにひっそりと勾玉のかたちの池があり
水を守護する白蛇は春までねむりにつくころだ

ねむりの果ての薄い窓から
なつかしい面影たちが
微笑みながら見守っていてくれるだろう

薔薇の棘を踏む

小さな庭から　チャッチャッチャッ　と笹鳴きが聞こえる
浅黄に灰色を流しこんだような色の小鳥が
手入れしてない紅薔薇の　伸び放題の枝の間を移動している
スラリとした尾羽　小さくて品のある姿
ウ　グ　イ　ス
と思う間に　咲き残った冬薔薇の小さな花の間に移って
しきりに芽をついばんでいる
農薬を使わない庭だから　虫がたくさんいるのだろう
棘だらけの淋しい枝を　ちょんちょんとわたっている

昨日刺されてずきずきしているわたしの指

ねえウグイス　どうして鋭い棘に刺されないの　痛くないの
アッシジの聖フランチェスコが己の内なる誘惑を罰するために
薔薇の茂みに身を投じたとき
その薔薇の棘はすべて消えてなくなったというけれど
ウグイス　きみは棘なんてはじめからないように自在だ
その小さな足のどこで薔薇の棘を踏んでいるのだろう

ウグイス　きみのしなやかな足の力が欲しかった
フランチェスコのように痛苦を受け入れる勇気はないが
言葉の棘の茂みの中を長い間　だまってさまよっていた
心も体も痛かった
争うことには耐えられない　負ける気はないが

勝ちたいなんて思わない
負け方を習ってないから　攻撃は避けずに受けるのだ
わかっている
無防備な者はもてあそばれる

ウグイス　もう春は来ている
気がつかないうちに　一刻一刻世界は変わってゆく
何がおこっているのか
しずかにしずかに見抜いていこう

空洞になる

カーンと晴れた空に薄荷の香りの風が吹く
光る雲を見上げていたら
胸の中がポカーンと空洞になった
この体内の涼しさ　頼りなさ　開放感
空洞が広がって　わたしより大きくなってゆく

空洞ははじめからあったのだ
わたしがどうしようもなく弱くて無力である証しとして

そこから呼びかけてくるものがあった
そこから星を探した　鳥の言葉を聞いた
あわただしい日常に埋まっていても
落花の中を歩いているときや
蝶を目で追っているときなどに
突然よみがえる　空洞

いつものわたしがからっぽになり
ふふふ　肩の力が抜けて
住所　氏名　年齢などは消えて
空洞はふわふわ飛んで
若いススキなどが光っているところにわたしを置く
草の穂に青い玉虫がとまっている　碧玉のようだ

ゆうべ　灯のまわりを飛んでいた虫を
虻だと思って殺虫剤を撒いた
落ちてきたのはこのきれいな玉虫だ
とりかえしがつかないよ

ふるさとの海に紺碧の潮が出入りする洞窟があった
引き潮はしゅわしゅわと鳴り
満ち潮はたぷたぷと岩を打った
洞窟は大きな楽器のようによくひびいた
くりかえしくりかえすわたしの時間も
空洞の中で歌のように響いているだろう
やがてわたしが空洞そのものになっても

遠い夏の声

夏の光に射ぬかれて目をとじると
音たちがあざやかに立ち上がる
たったいまあたらしい扉が開いたようだ
蝉の声がうねりながら寄せてくる
鳥の声は空気をキュルキュル磨いている

灼けた光が草の匂いを強くする
境界を越えてかすかに響いてくる遠い夏の声
ラジオが高校野球を中継している

井戸の深みで冷たい水が湧く

少女は今年
深く潜ることを覚えた
川底の丸い石をかすめて一気に浮き上がる
魚だったころの時間がひかる

透明な水がかさなってこの星を青くする
鏡という意味の名前を持つ少女は
露草の原っぱにいる
小さな露の中の空を水色のシジミ蝶になって飛ぼう
鳥に食べられたら鳥になろう
少女という通過点のひとしずく

少年であった父も　少女であった母も　なつかしい友達
生まれる波の白と消えゆく波の青
はげしく揉み合いながら　動体の水が響き合う
渚に足を濡らして砂に書いた名前は
立ち上がる波に消されて
濡れた砂の粒子が貴石のように光っている
生の数だけ死があるのに　こちら側ばかりがよく見える
生まれる前のやすらぎを思いだせたらいいのに

目を開けるとしずかに色彩がかたちをととのえる
空と海のあいだにひとひらの風が舞う

II

ある媼の語れる

わたしの生まれた寺はたいそう貧しかったが
立派な刀や裃が大切に仕舞われている小部屋があった
むかし　すぐれた人格を領民に慕われ　行政の手腕にも秀でていた家老が
人望をねたまれ　何者かに討たれた
（一説には上意討ちにされたとも）
暗殺に手を染めたと言われたもう一人の家老につらなる我が家の先祖は
武士をやめて城下を去り　僧侶になったという

それから長い時がすぎても
一族はひたすら正直に　目立たぬように生きることに努めた
華やかな存在になることや　有利な立場になることを拒否して
不運も貧困も受けとめて
身を低くして過ごせと無言のうちに強いられた

わたしは大きな声を出せる唱歌の時間が大好きだった
縁日にはバイオリンを弾く流しのおじさんが来た
飴色に光る楽器は美しく　弾き語るおじさんの歌は
未知の世界への合い言葉だった
縁日の辻から辻へ巡るおじさんにつきまとい
その歌を覚えるまで離れなかった

北海道の江差からみすぼらしいお遍路の夫婦が訪れた

その夫婦は
「宿代が足りないから江差追分を歌わせてください」
と言って歌いはじめた
歌の調べはかなしくうねりつつわたしの胸に沁みこんだ
大人たちが「宿代はいいからもう一度歌って」と言った
歌声はいっそう冴えて　ふしぎなさびしさがわたしをくぎづけにした
北の果てから「陸の孤島」と言われた南の霊場まで
たどりつくにはどれほどの苦労を身に受けたのか
日数のかかるその旅にどんな願いを掛けたのか

わたしの兄弟のうち三人は大人になれずに病死した
僧侶を継いだ弟も三十歳で病死した
やさしい大人も　昨日まで遊んでいた子も
見えない力に組み伏せられて　あっけなく命を奪われた

だからこそ祝祭は大切だった
つかのまのはなやぎに全身を投入して　底抜けにはじけて過ごすのだ
自己顕示をはげしく嫌った母や祖母も
祭りの日ははなやかに歌い　手拍子を打って笑いくずれた

歳をとって気がついた　わたしの親族は音曲に巧みな者が多いのだ
笛を作り　風となって旋律を吹くこと
太鼓を打ちみずからを律にあずけて　歌うこと　踊ること
それは自分を空っぽにして祈りに近づく方法であった
この方法は
ひたすら贖罪に生きようとした先祖たちに与えられた
大きな贈り物だったのだ

戦争が終わったある日

遠い遠い記憶がある
そのころわたしは
ラジオの中には歌の上手な小人が住んでいると思っていた
戦争が終わったある日
土間の入り口に見えたのは　明るい外の光を背にした人の
異様に大きなシルエット

その時わたしは誰かの膝に抱かれていた　祖母だったのだろう
母は生まれたばかりの弟を抱いていたはずだ

父もいたような気がする

その兵士は軍帽のひさしの奥の深い眼窩に光る水色の眸を
ひとかたまりの黄色人種たちに滑らせて
無表情に家の中を見渡し
革の長靴の踵をキュッキュッと鳴らして階段を上がっていった
わたしは幼かったが
彼が踏みつけているものが階段ではない何かだと感じた

二階で何をしていたのか　思ったより早く兵士は出ていった
階段に泥の靴跡を残して
息をひそめて身をかたくしていた家族は安堵した

お父さん　あれは本当にあったことなの

晩年の父に聞いてみた　高齢になっても父は覚えていた

アメリカ軍が来るというので
図書館の本をたくさん焼却処分しなくてはならない
責任者だった僕は　どうしても焼くことができないと思った本を
自宅に隠していたんだよ　記紀万葉や和綴じの記録のようなものをね
誰かがそのことを言いつけたんだよ
でもあの若いアメリカのお兄さんには
隠したのがどの本なのかわかるはずがなかった
本棚の本を畳にめちゃくちゃに放り出していたよ

思い出した
終戦の二十日前の大空襲の夜
父は大切な自分の本をいっぱいに詰めたリュックを背負い

焼夷弾の雨をくぐって逃げたと言っていた
たとえば
父の曾祖父が大切にしていた版本『日本書紀　神代巻塩土伝』全五巻
師に勧められ給与の一・五か月分をはたいて買ったという複製『真福寺本古事記』

これは戦火に焼かれることを恐れて複製された本だという
これらの本もアメリカ兵に放り出されていたのだろう

父よ　あなたが自分を捨てても守りたかった本は
これからも守られるでしょうか

そのきさらぎのもちづきのころ

あけがたの夢に目覚めて
病んでいる遠いあなたに「まだいかないで」と
呼びかけたそのころから今年のさくらが散り始めました
死ぬならばこの季節と　むかしのひとが歌った季節に
あなたは逝きました

幼い日隣り合って住み
おとなになって会うこともなく
死ぬには早すぎて　若い死というには年を取っていたあなた

幼いころのわたしの存在を
少年の目で証ししてくれる人　と信じます
あなたが去り　わたしのなかであなたは鮮明によみがえり

英語の予習をしているあなたの背中からのぞき見た
びっしりと鉛筆で書かれた異国の文字の明るさ
やわらかいバリトンであなたが歌っていたゴスペルは
わたしの少女期の愛唱歌となり

大学に行って不在のあなたの机に
毎日陰膳をしていたあなたの母さん

すでに会うこともなく忘れかけていたのだから
あなたはそのままわたしのふるさとに住み

夕暮れの街角に灯る電灯のように
遠い風景をぼおっとあかるませてくれます

刻々と過去に流されながらひとは自分の姿を知らず
共にあった他者の記憶の中にこそ刻まれて
　覚えている人があるかぎり人は死にません
あなたがおぼえていてくれた幼いわたしは
あなたに手を引かれて消えました

螺旋の時

今年の夏から見えてくる　去年の夏
遠い遙かな　たくさんの夏
よく見えているのにもどれない
時は螺旋のように巡ってゆくので
けっして同じところにはもどれない

明るい青い海の彼方から　大海亀が来た夏
沿岸に保護されて泳いでいる亀の
大きなまあるい甲羅には

薄緑の水を通ってくる光が揺れていた
人間たちは亀にお酒を飲ませて
遙かな国に帰したのだった

島の浜辺でキャンプした夏
月明かりに　潮目は黒曜石のようにきらめき
寝返りをするたびに
さらさらの砂の　かすかな声を聴いていた

わたしを育ててくれた地に
初めて産んだ子供を抱いて帰った夏
海で冷やした大きな西瓜にかぶりつき
子供は水をおそれなかった

なにを忘れてきたのだろう
蝉の声が白壁の土蔵の中の
古い柱時計を巻きもどしている

白い帽子をかぶって遊んでいたお寺には
美しい榎の巨木があった
目を瞑り幹にもたれていると
樹液の香りがするそのやわらかなくぼみに
すっぽりと抱かれているような気がした
巡りゆく時の旅のどこかで
誰でも一度くらいは　大いなる胸に抱かれて
かぎりなく安心していたことがあるのだろう

光のかけら

おさなごはまっさきにタクシーに乗り込み
「ゆっくり行ってください」と運転手さんに言った
祖母のわたしはめまいの持病がある
「酔いそうになったらね　車が右に曲がるときは右に体を傾けて
左に曲がるときは左に体を傾けると気持ちが悪くならないよ」
五歳の孫娘は大人のように言った

そのときかすかな潮風がわたしの耳をくすぐった
三十年前　うねうねと曲がるリアス式の海岸線を

なぞるようにゆっくりと車を走らせながら
叔父は五歳と十歳のわたしの娘たちに言った
「酔いそうだとおもったらね
車が右に曲がる時は右に体を傾けて　左に曲がる時は左に……」

車がカーブを切るたびに
夕日の海は
島影の紫　日表のオレンジとさまざまな色をまとって現れ
蜜柑の香りの海風は
ほどよく開けた窓から流れ込み
上機嫌で右に左に体を傾ける子供たちをつつんだ

翌年叔父は他界した

こんなふうに伝わることがあるんだ
そのひとの生まれつきのやさしさが
一年に一度里帰りしたときに会っていた叔父から
姪のわたしの子供たちへ　そしてその子供へ

逝ってしまった人の痕跡は
光のかけらとなって消えた
けれども誰かの中で静かに時を待ち
ふと輝きはじめる

オールド・ブラック・ジョー

「オールド・ブラック・ジョーを覚えている？
わたし最近思い出すのよ
あんな暗い歌を中学に入ったばかりの子供に
どうして歌わせたのかしらね」
電話をかけてきた旧友が言った

中学一年の音楽の教科書に出ていたあの歌

教師というより仲良しのお兄さんだった音楽の先生が逝き

一緒に歌った同級生の訃報が届く　いま
わたしもふとくちずさむ
あれはおだやかに死を受け入れる歌だった

うっとりとねむたい春の音楽室で
変声期の男子の声に違和感を覚えながら歌った
重労働に明け暮れたであろうアメリカの黒人のおじいさんの歌
肩の力を抜き　習ったばかりの複式呼吸で
ひばりのように口を開けて歌った
歌詞が暗いとも寂しいとも思わなかった

過ぎていった　若くて陽気なわたしの日々
友はみな　綿畑を遥か離れて　地を去り　天の国へのぼり
わたしをやさしく呼んでいる

「オールド・ブラック・ジョー」と
わたしもいこう　そこにいこう　わたしはすでに年老いた

ハ長調の牧歌的なメロディをすぐ覚えた
スティーブン・コリンズ・フォスターという青年の
深いまなざしがとらえた黒人の老僕の人生
あの歌には
天の国に呼ばれているというかすかな安らぎと
この世を去らねばならないと思うとき
人が自然に流すあたたかい涙の味がまじっている
それは悲しみや恐怖の涙ではなく
去ってゆく世界への感慨と愛をこめて
この世の卒業式にながす涙なのだ
十二、三歳の子供にはわからない

歌は見えない　つかめない　おいしくもない
でも人のどこかに静かに住みついていることがある

年老いたピアノ

その古いグランドピアノは
木造の小学校の講堂に置かれていた
むかし黒光りしていた大きなからだは白っぽく曇って
よく見れば小さな傷がたくさんあった
戦前のドイツ製であった
ピアノが老いていたせいかその音のひびきは内向していたが
音色はこの上なく上品に澄みきっていた
黒いビロードのカバーを掛けられて
やさしい獣みたいにステージの下にうずくまっていた

冬の朝早く登校して　一人で練習をしていた時である
寒さにかじかんだ指が少しずつやわらかくなり
頭はしんしんと冴えて　頬がぽっと熱くなってきた
その時　ピアノが言った
「わたしが　あなたの音で歌ってあげる」

ピアノが　わたしの音を認めてくれたのだ
短い指を痛いほど広げて
はじめてのソナタを復習（さら）っている子供のわたしの音を
わたしは何もわからないから　どこまでも楽譜に忠実に
どの音も濁らないで明晰な音でひびくように
耳を澄ませて　一音一音を弾いていただけ

それでも　わたしの音が出ていたのだろうか
誰でもその人特有の音色やリズムを持っている
わたしたちは動物という楽器なのかもしれない
作られた楽器もまたその一台だけの個性を持ち
奏者のひびきに応えるのだ

ピアノのからだはどんな樹？
ドイツの山岳地帯の寒冷地の
ひき締まった木目が美しい針葉樹の一族
何度も剥がれて張り替えられた鍵盤は
黄ばんだ象牙
その象はどこにいたの？

どれだけたくさんの子供たちと

唱歌を歌ったことだろう　合奏したことだろう
象牙の鍵盤には　伴奏した先生たちの指のくぼみが残った

きりきりと大気が冷える夜は
樹の楽器の内部はかすかにざわめいて
遥かにアルプスの斜面を渡る風と
共振していただろうか

今でも子供の頃のように　表現にとまどうわたしは
年老いたピアノの声を聞くことがある
「それがあなたの音色
弱くても少しずつ　澄んでいけたらいいのよ」

大宜都比売（おおげつひめ）

その日　スサノオは
追放されてわたくしのところへたどり着き
「何か食べものはないか」と言った
わたくしは　鼻や　口や　尻から種々（くさぐさ）の食物を出し
スサノオをもてなした
「そのように汚いものをわたしに食べさせるのか」
と彼は怒った
そしてわたくしを殺して去って行った

刻々と醜く変わってゆくわたくしの体
痛みはいつまでも続き寒くてたまらない
わたくしの泣き声は　朝風となり夜嵐となって
丘を越え　林を騒がせ　海に白波を立たせてさまよった
わたくしは枯れ葉に埋もれ　木の根を抱き
雪を被って凍りついた
雪は天界の使者　しんしんとわたくしを透きとおらせた

やがてわたくしの丘に若草は芽吹き
わたくしの泉に小魚（いさな）は生まれ
獣たちの初子（ういご）がわたくしの腹の上を駆けまわるので
くすぐったくて目をさました
わたくしは何度でも　自分で自分を産むのだ

そして山もいい匂いの風につつまれるころ
わたくしの頭に蚕という虫が生まれ
ふたつの目に稲というめでたきものが実り
ふたつの耳に粟が実り
鼻には小豆　ほとには麦
尻には大豆が実った

食べなさい
生り余る種々の贈り物を
わたくしのそばに来なさい　養ってあげよう
ここには逃げ回るものたちを捕らえる　足音はなく
撃たれたものたちの血の匂いもなく
屠られたものたちの呪詛もない

わたくしはどこにも行かない　どこにでもいる
わたくしは　踏みにじられ　切り裂かれて
殺され　忘れられたカミ
幾たび殺されても　待っている

石長比売（いわながひめ）

夜釣りにでていた舟が朝靄の海を次々と帰ってくる
今日も　イワナガヒメの機嫌がよかったと
海人たちはまずまずの漁獲量を喜んで
わたしの社のまわりをひとまわりして港に帰る
コノハナサクヤ　あなたの美しさをたたえると
わたしが嫉妬して海が荒れると漁師たちは言う

満開の桜が散りはじめて
ほのぼのと明るい森の奥からかぐわしい風が吹いてくる

わたしは鳶になって風に乗る
もうすぐ里人が撒いた籾から早苗がやわらかな芽をだすだろう
妹よ　わたしはあなたに嫉妬していない
嫉妬は中途半端にめぐまれたものの持つ感情だ
わたしは　はじめからはずれているのだよ

あなたは嫁ぎ　わたしは独り身のまま
あなたは産み　わたしは産まなかった
あなたは美しく　わたしは醜く生まれたという理由で……
あなたは　はかなく移ろうものたちの悲しみを
一身に背負って散る花となり
わたしはいつまでも変わらぬ命の栄えを祈る
水が河に　そして海に流れ　雲になり
雨になりまた地にふりそそぐように

消えながらかたちを変えてゆくものの芯には
永遠に変わらないものがあることを信じ続ける
あなたの生を空しいものにしたくないからだよ
あなたとわたしは二人でひとつなのだ

盾のようなわたしの背中も
怒っているようなわたしのまなざしも
ざらざらの鮫肌も少しずつ風に削られ
潮が引いたばかりの岸壁のように潤うことがある
わたしはオコゼになって海に潜り
珊瑚の林をたどってゆく青いやさしい影になる
はじめからかたちを頼みに生きたことがないものは
歳月の餌食にならないのだ

気が遠くなるほど昔からわたしはこうしているけれど
けっして飽きることはないのだよ

小町の鏡

わたしは　満月のように磨きあげられた銅鏡である
あの人がのぞきこみ美しいその顔を映す
比類なき美女小野小町
美しさを鼻にかけた高慢な人　などと人々は言っているとか
しかしあの人がわたしという鏡の中に見ていたのは
時の大波に洗われ消されてゆくいっさいのもの

わがうたは風となりゆくわが身のみちしるべ
ひとを想う熱き涙もうたかたの夢

にんげんの心の中に　雲のように浮かんでは消える
あこがれ　妬み　恨み　反感
あらゆる感情の波に帆を張って
風説という舟が時空を越えて漂ってゆく

後の世に
その屍が腐乱して白骨になるまでの無残な姿を
九枚の絵に描かれた美女
倒れた卒塔婆に腰掛けて休んでいたという不遜を
旅の僧に戒められた百歳の乞食老婆
いずれもわたしだ　とあの人は言うだろう

「尊いもの　賎しいもの　美しいもの　醜いものの区別はない

「一切は空なれば」と論破したのはたしかにあの人だから
世にあれば　夭折も老死も当然のこと
あの人は自由なうたびと
澄んでいなければ鳴らない楽器

咲きほこる花や　華麗きわまる紅葉から崩壊がはじまる
流れやまぬ時は
完全なもの　うつくしすぎるものから壊してゆく

わたしはよい鏡なので　見えているものの背後まで写そうとする
あの人は最後まで自分の孤独を手放しはしない
孤独はたましいをくっきりと輝かせてくれるから

わたしという鏡に残るあの人は
衰えた姿をあるがままに天地に晒し
失われ尽くすまで自分自身から目をそらさず
いのちという大河の波に身をゆだねてゆく

百歳の老婆は　野の少女のまなざしを失わず
今なお　旅の途上にある

あかるい儀式

川に沿う桜並木にとくべつの風が吹き
花であることが痛みになる前にいっせいに散ってゆく花々
水面が見えないほどみっしりと花びらが重なってゆく
三歳の幼子は岸から足を出し
ひょいと花筏に乗った　乗れると疑わなかった
次の瞬間若い母は水に入り
何が起こったかわからないびしょぬれの幼子を抱き岸へあげた

わたしは検査を受けて　結果を待っている

誰だって無理やり運ばれていくこともある
後ろ向きの座席にすわって
行く先を見ないで電車に乗っているように

なにごともなければ
また時間を積み上げていけるだろう
時を重ねてゆくことを
樹だったら豊かになると言うけれど……

光を運ぶように水は花びらを運ぶ
ゆったりと　さらさらと形を変えつつさそってやまない水
もともと水と光でできているのだ
このあかるい儀式に　あはれ　を見ていたなんて
いつの世の人間も　ひしひしとさびしかったんだね

幼子は車の中で体を拭かれてはしゃいでいる
若い母は車を走らせる
花と水の洗礼を受けたこどもよ
にんげんは樹よりもかなしい
すでにきみのさびしさが予約されていたとしても
すでに充分さびしいとしても
大丈夫だよ　たぶんすべてはひかりの中の出来事だから

遊びをせんとやうまれけん

ことばに傷つき疲れ果て　グランドピアノの蓋をあけます
こんにちは　モーツァルト

あなたの工房では日夜
生死のかなたからつきささってくる涼しい光が
次々ときらめく音に変換されていた
天使も悪魔もひょいと呼びよせられて　手伝った

大人になってしまったあなたは　ただの職人だから

どなたのお好みも　ご要望も　お気に召すまま
それなのに完成した曲は　どこを切ってもあなたの世界

照りかげるパッセージ　呼び合い絡み合うフレーズ
単純に澄み切ったメロディのおそろしいほどの平安
光と音の中を見え隠れしながら逃げてゆくあなたの呼吸
そんなに走ったら痛みが増すばかりでしょう

わかっているよ　笑うしかない哀しみや
ふざけるしかないいきどおり
ことばは意味を持つから重すぎる
あっけなく死んでゆく人たちには
たっぷりの装飾音をささげよう
とりわけ自分の死のためには

美しさをこわがらなくてもいいんだ
どこまで走っても　どうせ深淵
「音が多い」と言うなら言わせておけ

昇りつつ息絶えてゆく半音階
墜ちながら発熱するアルペジオ
胸をえぐる不協和音
あなたの痕跡をなぞりつつ
この透明な大伽藍で　ともに遊ぶ光栄に浴するために
指先にあつまれ光

小さなシグナル

生活は詩より美しい　と母は言う
誠実に生きていたらいい
虚言綺語は罪
言葉を弄ぶことは恐ろしいこと

両親も親族たちも
不運の奔流に押し流されても
はやり病に若い命を取られても
何も語らず書き残さず逝ってしまった

母の思いは強く　その影響を受けたわたしは
たくさんの言葉を飲み込んだまま年を重ねた

わたしが言葉を思い出したのは
意思も希望も　脆弱な身体の前に打ち砕かれた時だった
残せるのは言葉しかない

わたしがはじめて作ったのは　単純な早春の詩
数行の小さなシグナルを発信しただけなのに
その時からわたしの中心に小さな泉が湧き出たのだ

そこからふるさとの水のにおいがして
黒揚羽は虹色の羽裏をゆっくりとゆらして

水を飲みにくる
翡翠（かわせみ）が星の光を零しながら横切ってゆく
秋の中で　消えていった人々はかがやき
月の夜　深紅の薔薇は紫になる

よく見れば世界は魅惑的な光に満ちて
さわってごらん　とわたしを誘う
生活以外の言葉を使うまぶしさ

光の速さで落ち続けているわたしを
傷つけてゆく時間の波
今　この心と体が受信しているあらゆることを
たしかに受け取ったと伝えたい
刻々と失うことによって　次々に差し出すことによって

言葉は澄んでゆく
その人の一番やわらかな部分から
若葉のように言葉は生まれるのだ

水の立ち姿

林の中の小道はスーパーへの近道
前を行く主婦らしき人
後ろにも歩いてくる人がいる
木々の枝には新芽
その上にやさしいまなざしのような春の空
わたしは空に話しかけている

どこにいったの
わたしの肩から腕にそして指に

漲っていた柳のようにしなやかな力は
ピアノを弾けば　自由に跳ねて
駆けまわっていたわたしの指
今は頸椎が傷んで　指はひどく痛み
わたしは枯れ木のように折れてしまいそう

どこにいったの
疲れたら休息に帰っていた父母の家
父母は逝き
次の世代のために家は新しく建て直された

どこにいったの
わたしのまわりにいつもいた
童話の主人公みたいな二人の女の子

見わたせばおやおや
わたしの前を歩いている

わたしたちは時間の器
すべてはあたりまえのなりゆき
あらゆる命が素直に受け入れる時間の掟
ふと振り返ると林の中に誰もいない
背後に足音を聴きながら歩いていたのに
だあれもいない
囀りつづける鳥の声
空を見上げる

はじめて二輪の自転車に乗ったとき
ちいさな荷台を後ろで支えて一緒に走ってくれた母

まっすぐに走れるようになり自転車がふと軽くなった
ペダルを漕ぎながらふりかえれば
支えて走っていた母は遠くで手をふっていた

木の上空に風がいる
風は大河の匂いがする
木は風のかたちになる
わたしも両手をひろげる
空と地をつないで木は水に届く
木は水の立ち姿
わたしも水の立ち姿
千年前も　千年後も
変わらない空の下
これからわたしに属していたたくさんのものを

返してゆく時がはじまる
こんなきれいな春の空が受け取ってくれるといいなと思う

初出一覧

一本の笛　（『青い花』72号　２０１２年7月31日）
白樫の下で　（『環』129号　２００８年7月28日）
四十雀　（『環』134号　２００９年10月5日）
蛇　（『青い花』67号　２０１０年11月20日）
トビウオ　（『環』144号　２０１２年9月28日）
わたしの輪郭　（『環』142号　２０１２年2月8日）
水の里　（『きんぐさり』5号　２００８年6月1日）
鳥を待つ　（『環』124号　２００７年4月30日）
楽盗人　（『環』106号　２００２年10月25日）
海図――博物館にて　（『環』126号　２００７年10月30日）
荷物を預けるように　（『環』131号　２００９年1月30日）

薔薇の針を踏む　（『環』143号　2012年5月30日）
空洞になる　（『環』148号　2013年12月28日）
遠い夏の声　（『青い花』58号　2007年11月30日）
ある媼の語れる　（『青い花』76号　2013年11月30日）
戦争が終わったある日　（『環』119号　2006年1月23日）
そのきさらぎのもちづきのころ　（『ぱん・ふるーと』19号　1995年8月）
螺旋の時　（『環』118号　2005年10月23日）
光のかけら　（『環』132号　2007年1月30日）
オールド・ブラック・ジョー　（『環』145号　2013年1月31日）
年老いたピアノ　（『青い花』82号　2015年11月30日）
大宜都比売　（『青い花』71号　2012年3月31日）
石長比売　（『環』125号　2007年7月30日）
小町の鏡　（『環』120号　2006年4月30日）
あかるい儀式　（『環』105号　2002年7月25日）
遊びをせんとやうまれけん　（『青い花』81号　2015年7月30日）

小さなシグナル　（『環』113号　２００４年7月20日）
水の立ち姿　（『青い花』84号　２０１６年7月31日）

あとがき

第二詩集から十八年が過ぎた。その間に、父を送り、母を送った。失って気がつけば、父からは言葉を、母からは音楽を教わったのだ。

父は若い頃から『ホトトギス』や『馬酔木』などに投稿を続けながら俳句を学んでいた。いつも床の間の掛軸は、季節に合った俳句だった。九月十九日の子規忌が近づけば、子規の絶筆となった「糸瓜三句」を掛けていた。

三人の子が幼いうちに父が結核に倒れた。三人の子どもも虚弱で病気ばかりしていた。看護に疲れ切った母は、苦しい日々に光を求めるように、小さいオルガンで私に少しずつピアノの演奏を教えた。父の病気が治癒に向かう頃には、戦後のきびしい生活をやりくりして中古のアップライトピアノを買い、私だけでなく近所のお子さんたちにもピアノを教えはじめた。

三万年以上前、ネアンデルタール人は、意思伝達や感情表現の手段として歌ったり踊ったりしていたという。考えてみれば『古事記』も、お話の途中で歌謡が入る。人類史上、音楽と言葉は、表現の大切な要素として発達してきたのだろう。私の父母は、そんなことは考えもしなかっただろうけど、元気になったり、癒やされたりする方法として、言葉と音楽を伝えてくれた。そのことにとても感謝している。

この十八年間のうちの五年間は、仕事で忙しい長女を助けるため東京に住み、孫娘と一緒にすごすことが多かった。私が東京に行った当時五歳だった孫娘はいつも生き生きと楽しそうで、私の方が大きな力をもらった。この間に、新川和江師の詩の講座に加えていただいた。新川先生のお話は、その声や言葉の中になんともいえないあたたかさがあり、私は春の野原をゆっくりと歩いているような心地になった。詩が書きたくなる不思議な時間だった。緊張して質問の電話をかけると若々しい明るい声が返ってきて話題が広がってゆき、詩に対する深い言葉とお人柄のあたたかさにつつまれてしまうのだった。ぜいたくで豊かな時間をありがとうございました。

また「青い花」に入会して詩というものの奥深さ、広さに目を開かれた。その幸いと引き替えに、名古屋の「環」から離れることになってしまったが、これまで「環」で学びつつ、多くの詩を自由に発表できたことのありがたさを改めて知ることとなった。

最後になるが、丁寧な組版をしてくださった株式会社あるむの吉田玲子さまと、すてきな表紙デザインをしてくださった永尾嘉章さまに深く感謝申し上げる。

二〇一九年七月

さとうますみ

著者紹介
さとう　ますみ

1942年　愛媛県南宇和郡愛南町御荘平城生まれ
武蔵野音楽大学器楽学科ピアノ専攻
日本現代詩人会、中日詩人会　会員
詩誌「青い花」会員
詩誌「ぱん・ふるーと」、詩誌「環」元会員
1994年　第一詩集『チョークの彼』不動工房
（第6回 自費出版文化賞特別賞）
2001年　第二詩集『海月』書肆青樹社
（第1回 詩と創造賞）

住所　〒483-8336
愛知県江南市前飛保町寺町72
Tel. 0587-54-7291

楽盗人（がくぬすびと）　さとうますみ詩集

2019年7月30日　第1刷発行

著者――さとうますみ
発行――株式会社 あるむ
〒460-0012 名古屋市中区千代田3-1-12
Tel. 052-332-0861　Fax. 052-332-0862
http://www.arm-p.co.jp　E-mail: arm@a.email.ne.jp
印刷――興和印刷　製本――渋谷文泉閣

　ISBN978-4-86333-146-4